Yf 12023

# LA
# TRAGEDIE
## DES REBELLES,

*Ou sont les noms feints, on void leurs conspirations,*
*machines, monopoles, assemblees, prattiques*
*& rebellions descouuertes.*

## DEDIEE A LA REYNE.

## A PARIS,

Chez la veufue Ducarroy, ruë des Car-
mes, à l'enseigne de la Trinité.

---

## M. DC. XXII.

# A LA REYNE.

## Madame,

Je ne doute pas que ce ne soit beaucoup entreprendre à moy, de vous faire voir ceste petite Tragedie, pour la rudesse & la sterilité du langage peu cultiué, que vostre Majesté y pourra remarquer, estant fort peu experimenté aux sciences, toutefois la sincere affection que i'ay pour le service de mon Roy & le desir qui me passionne de le voir triomphant & victorieux retourner en sa ville de Paris, m'a mû la plume en main pour entonner ses louanges parmy tant de grands esprits qui se sont genereusement porté & descrire sous noms feints, tout ce qui s'est passé de plus memorable en toute ceste guerre ou le Ciel a fait paroistre par ses influences, combien il seconde les heureuses entreprises de nostre invincible LOVYS: Pardonnez Madame, au trop de hardiesse que m'a fait vous presenter ce discours, & me permettez de dire, que ie suis & seray toute ma vie,

Madame,

DE VOSTRE MAIESTÉ

Le tres-humble & tres-obeyssant
seruiteur: P. D. B. Parisien

## LES PERSONNAGES DE
### la Tragedie.

| | |
|---|---|
| MERIS. | Le sieur de Soubise. |
| TIRSIS. | Le sieur de Fauas. |
| PALEMON. | Le sieur de la Motte. |
| DORIS. | La France. |
| CLORIS. | La Ville de Paris. |
| RACADAMANTRO | Demon. |
| MEGERE. | La Rebellion. |
| AMILCAR Magicien | Du Moulin. |
| OLIMPIVS. | Les Citoyens de la |
| ALEXIS. | Rochelle & Môtauban. |
| MENANDER. | Monsieur de Rohan. |
| FABIVS. | Monsieur de la Force. |

# LA TRAGEDIE DES REBELLES.

## L'ARGVMENT.

TOute Tragedie eſt ſanglante, & ne ſe fi-nit iamais que par vn Cataſtrophe de malheurs, qui s'eſclattent en fin au deſ-aduantage de ceux qui en ſont les premiers au-theurs. Iuſques icy les rebelles contre tous les droicts diuins & humains ſe ſont ſouſleuez & oppoſez directement aux iuſtes armes de leur ſouuerain. Nous auons veu auec combien d'heureux ſuccez noſtre Louys inuincible les a preſſez, nous auons veu combien eſt mal aſſeu-ré celuy qui prend les armes contre vn Roy, de qui l'equité plus que diuine peut attirer meſ-mes les ames les plus farouches & les eſprits les plus indigeſtes à ſon ſeruice. Nous verrons en bref l'Epilogue de leur malheur, & le Cata-ſtrophe dernier, ou ſeront reduittes toutes leurs rebellions.

Depuis que ſa M. a commencé ceſte guerre iuſte & ſaincte. Le Ciel nous a fait voir, que ſi ſes ennemis auoient de l'impudence en leurs reuoltes pour ſouſtenir ſes efforts qu'il auroit des influences pour benir & cooperer aux iu-ſtes actions de ſa Majeſté, quelle demande plus iuſte peut faire vn Roy à ſes ſujets que l'entree de ſes villes ? puis qu'ils l'aduoüent en general pour lheur souuerain, pourquoy le desaduoüent-ils en particulier? luy fermant les portes auec effronterie qu'ils deburoient ouurir auec toute sorte d'humilité & de submissions.

Les Prouinces & Nations les plus eslognees, mesmes de ceux qui semblent opiner en faueur de la Religion pretenduë, s'estonnent de voir l'impudence effrontee de ces messieurs qui ont banny la honte & la vergongne de leur visage, pour bannir de leur cœur le respect qu'ils doiuent à leur Prince. Mais ils en ont tous eu la recompense, autant en particulier qu'en general. Comme vous pourrez remarquer par la suitte de ce discours.

Ceste Tragedie est vne pure inuention, par laquelle sous noms feints, on peut recognoistre qu'en vain la rebellion s'attaque aux iustes armes du Roy.

Monsieur de Soubise & monsieur de Fauas sous le nom de Meris & Thirsis Pasteurs (à l'imitation d'Hommere, qui appelle Agamenon Prince de la Grece, Αγαμενια ποιμια λαῶν, Pasteur du peuple) se promeneront pres de l'Isle de Rié, discourans des brebis (sçauoir des Soldats) que leur mere (qui est la rebellion, qui tient son siege à la Rochelle) leur aura donné en garde.

Tirsis qui sera Fauas gaillard outre coustume [bien que monsieur de Biron luy eut taillé des croupieres pres de la Rochelle depuis vn mois ou six sepmaines] excitera Meris, qui est le sieur de Soubise, à se reposer à l'ombre.

Meris pour les degaſts qu'il a fait dans le
Boiſtou, ayant des long temps entendu que le
Roy eſtoit party de Nantes pour tirer raiſon
de ſes deportemens craintifs & bourrellé de ſa
propre conſcience, ne voudra ouyr parler d'al-
legreſſe à cauſe d'vn ſonge qui l'aura grande-
mẽt troublé la nuiſt, & qu'il declarera à Tirſis.
Tirſis le reprend & taſche à luy oſter ceſte eſ-
pine du pied en vain toutesfois : car le ſieur de
la Motte qui a eſté pris priſonnier à ladite ren-
contre ſoûs le nom de Palemon les viendra ad-
uertir de la deffaite & declarera tout ce qui s'eſt
paſſé en l'Iſle de Rié, ce bruit fera fuyr Meris &
Tirſis à la mode, l'vn à la nage & l'autre à l'oc-
caſion. Voyla pour le premier aſte.

Au I I. aſte on verra la France & la ville de
Paris ſous le nom de deux Nymphes, ſçauoir
eſt, de Doris & Cloris ſe biéueigner par enſem-
ble & s'entretenir, tant du retour du Roy à Paris l'hiuer paſſé, que de ſon nouueau achemine-
ment & de l'heureux ſuccez de ſon voyage.

Au I I I. aſte, marchera vn diable nouuelle-
ment ſorty des enfers, qui ſe fera aſſez reco-
gnoiſtre à ſon langage pour ennemy iuré des
Rochelois & de leur faction, monopoles & aſ-
ſemblees. Ce Demon bouffy d'orgueil, contre
les mutineries comme deſtiné des Cieux pour
punir les Rebelles, desbandera tous les reſſorts
de ſes forces pour ſe venger d'eux.

La Rebellion ou pluſtoſt l'Hereſie affreuſe
Megere ſuiuie de du Moulin ſoûs le nom d'A-
milcar Magicien, à la veüe de ce diable fremira

de crainte, & ne fçachant d'ou vient ceſte fureur fera tenter l'oracle par ledit Amilcar Magicien (ie ne veux pas dire pourtant, que Du-
moulin ſoit de ce meſtier, ie ne le ſçay que par
opinion : ) l'Oracle luy dira les cauſes de la
guerre, qu'en vain on ſe mutine & qu'il faut
ouurir les portes au Roy.

Au I I I I. acte, ſortiront trois Rebelles, vn
natif de Montauban, l'autre de la Rochelle,
& l'autre de Languedoc, ſous le nom d'Olympius, d'Alexis & de Menander, qui ſe plain-
dront des deſtins & maudiront le iour que iamais ils ont ſongé à ſe rebeller. Declarans &
ſe reprochans l'vn à l'autre tout ce qui s'eſt
paſſé depuis deux ans contre eux.

Au V. Acte, reuiendront Cloris & Doris
Nymphes de Diane, qui au nom de la France
& des Pariſiens, prieront Dieu pour l'heureuſe
conſeruation de noſtre Monarque inuincible,
& l'heureux ſuccez de ſon voyage.

Premier

# LA TRAGEDIE DES REBELLES,

*Ou sous noms feints, on void leurs conspirations, machines, monopoles, assemblees, prattiques & rebellions descouvertes.*

## PREMIER ACTE.

### MERIS, ET TIRSIS.

#### TIRSIS.

MERIS, alons puis que nostre troupeau
Se va paissãt pres le prochain ruïsseau,
Et que ce lieu espessi de fueillage
Presse vn chacun à courtiser l'õbrage,
Reposons nous, il est temps de chanter,
Quelque chanson pour nous reconforter.

#### Meris,

I'en suis content: mais il faut prendre garde,
Que trop long temps le chant ne nous retarde:
Car si le loup sortant de son rocher,
A l'impourueu se venoit delascher
Sur nos brebis, que diroit nostre mere,
Elle cri'roit d'vne voix bien amere,
Et i'aurois peur que le baston tortu

B

Ne nous payaſt pour auoir combatu
Si vaillamment en gaudiſſant à l'ombre,
Lors que le loup nous combleroit d'écombre,
Tout ce cartier eſt vn ſable mouuant.
Depuis deux iours i'ay eu vn mauuais vent,
De l'ennemy qui s'approchoit de Nante,
I'ay peur de voir vne guerre ſanglante,

*Tirſis,*

Que tu es ſot, crois-tu qu'on ait conté
Tout le troupeau & qu'on eut arreſté
Dans le Senat de nos brebis le nombre,
Non, non iamais, tu as peur de ton ombre.

*Meris.*

Cela eſt bon: mais i'aime mieux touſiour
Suiure vn certain qu'vn incertain deſtour,
Ne ſçais-tu pas qu'on auance beſongne
Pour les nombrer & ſi pres on nous rongne
Le bout des doigts qu'on ne peut attrapper
Vn pauure agneau pour nous faire à ſoupper?

*Tirſis.*

O le peureux, on void bien à ta face,
Que tu as l'ame & l'eſprit plain d'audace,
Tu ſerois propre eſtant fort bien armé.
D'vn bon plaſtron & de trouppe enfermé,
A bien combattre, à porter la cuiraſſe:
Mais il faudroit qu'on te fit touſiours place
Pour t'eſchapper, & qu'on ne combatit
Qu'à pomme cuitte, encore que petit,
Tout le premier tu foncerois la preſſe,
Pour faire voir ta force & ta proüeſſe.

*Meris*

Ie te ſuppli' ne te raille point tant:

Chacun fçait bien que tu es bien vaillant,
Soit pour ioufter, foit pour entrer en lice,
Et pour fuir toufiours ton precipice.
Te fouuient il quand Biron l'autre iour
Te mit en fuitte & ioüa fi bon tour,
Lors que fortant du profond de ta Roche,
Tu voulus faire apres luy ton approche,
T'as le courage & le cœur affez hault,
Pour prendre vn mort & le tuer d'affault:
Encor'ie croy que le voyant par terre,
Tu aurois peur qu'il ne te fit la guerre.

#### Tirfis.

C'eft vn plaifir de t'ouyr difcourir
De tes vertus lors que tu fis mourir
Dedans fainct Iean qui a efté deftruite,
Tant de foldats, & que tu pris la fuitte,
Mais c'eft affez, à quoy tant de propos,
Ie fuis venu pour prendre mon repos,
En ces cartiers, changeons d'autres parolles,
Tu ne dis rien que des pures friuolles,
Danfons rions, prens ta flute & chanton
Quelque fonnet nous danferons au ton.

#### Meris.

Châte tout feul, pour moy l'ennuy me preffe.
Ie fens en l'ame vne amere trifteffe.

#### Tirfis.

Quelle douleur, quel fi morne foucy,
Te peut troubler en demeurant icy?
Ce lieu t'incite & fon toffus fueillage
A raifonner toufiours quelque ramage.

#### Meris.

Helas Tirfis fi tu fçauois la peur

Qui m'enuironne & me glace le cœur,
Tu n'aurois garde auecque ta houlette,
De trepigner au son de ta musette.

*Tirsis.*

Mais quelle peur ce iour te va pressant,
Depuis hier?tu estois si plaisant.

*Meris.*

Ah, quant i'y pense vne angoisse m'entame
Et me contraint quasi de rendre l'ame.

*Tirsis.*

Dy ie te pri',dy moy quelles douleurs
Te font sentir de si aspres rigueurs.

*Meris.*

Puis que tu veux entendre mon martire,
Escoute moy,ie m'en vay te le dire:
C'est qu'auiourd'huy deuant l'aube du iour,
Ie suis tombé dans vn facheux d'estour,
Ou le Sommeil de pauos couronné,
M'a rendu l'ame & l'esprit estonné,
Ie pensois estre aupres de ce bocage,
Dedans ceste isle passant sur le riuage,
Quant me tournant i'apperçeus tout soudain
Vn grand Lyon d'vn courage hautain,
Tout bouillonnant:qui deschargeant sa rage
Sur mes brebis me fit vn grand outrage:
Car se ruant au milieu du trouppeau,
A corps perdu me rauit vn aigneau
Que nostre Mere aime,embrasse & caresse
Comme vn enfant d'yne grande allegresse:
Apres cela ie vis vn VITRIER,
Qui m'attaqua d'vn courage guerrier,
Il me sembloit qu'au milieu de la trouppe,

Ie vis venir du sommet d'vne crouppe,
Vn ieune Mars qui d'vn genereux cœur
Me mit en piece & resta le vainqueur,
Moy-mesme helas ayant perdu courage,
Ie me sauuay ce me semble à la nage:
O grand Iupin qui tiens tout sous ta loy,
Chasse ce songe & destourne de moy,
Le fier destin qui me pend sur la teste,
Me menaçant de cruelle tempeste.

### Tirsis.

As-tu encor l'esprit si estranger,
De mettre foy au songe mensonger?
Ce n'est que vent, ce n'est que resuerie
Qui m'est ton ame & ton cœur en furie,
Il me sembloit te voyant plain d'effroy
Que le tonnerre ait tombé dessus toy,
Tant tu as l'ame & l'esprit plain de crainte,
Vrayment i'aurois bien tost l'ame restrainte
Si ie voulois prendre garde aux courbeaux,
Qui iour & nuict branchez sur leurs rameaux,
Crient tousiours d'vne voix effroyable
Sur mes brebis quant elles vont au sable.

### Meris.

Chasse le songe & dit que c'est du vent,
Qui fantastique entre le plus souuent
Dans le cerueau du sommeillant qui resue,
Et qu'il s'enfuit quant l'Aurore se leue,
Pour moy ie tiens pour vray, que le destin
Nous comblera d'encombre le matin.

### MERIS. TIRSIS. PALEMON.

*Palemon.*

AH, quel encombre, ah quel malheureux
    aftre
Nous a verfé ce terrible defaftre,
Tout eft perdu.

*Meris.*

Qni a-il Palemon?
Qui te pourfuit? quel horrible Demon
Te preffe au cœur?

*Palemon.*

Ah, Dieu quelle triftesse.

*Tirfis.*

Dy ie te pry', dy nous quelle detresse
Te picque en l'ame?

*Palemon.*

Helas tout eft perdu,
Ie cotoyois, comme l'on fçait, la riue
De ces grands prez ou l'Ocean arriue.
Par quatre endroits ou nos brebis paiffoient
Dans la prairie & fe rafratchissoient
Sous le taillis de la foreft prochaine,
Quand deux Lions s'eflançans par la plaine,
Vinrent chasser noftre pauure trouppeau,
Et ont rauy vos plus riches aigneaux,
Ie me fuis mis armé de ma houlette
Au deuant d'eux & la Mere pauurette,
De ces agneaux me pourfuiuoit de loin:
Mais c'eft en vain: car il n'y auoit coin,

Ronces, halliers, collines ny bocage,
Qui empeschaſt leur horrible carnage,
Le ſang tombé de ce pauure butin,
Parmy les champs ſillonnoit vn chemin,
L'Ocean meſme en a rougi ſes ondes
Et coloré ſes abiſmes profondes,
Tout l'attirage & nos plus grands paniers
Sont demeurez ſur le bord priſonniers:
Iamais helas, la fiere deſtinee
Ne nous fit voir vne telle iournee,
Plus de deux mille y ſont tous demeurez,
Les ennemis s'eſtoient bien preparez:
Long temps y a qu'ils auoient pris les armes
Pour nous verſer ces funeſtes alarmes.

*Meru.*

Helas Tirſis tu te moquois de moy
Et de mon ſonge enceint de cet effroy
Qui ſe deuoit eſcre ler ſur ma teſte,
Ha tu n'entens la nouuelle funeſte

*Tirſis.*

Ah, que dira ma mere en entendant
Ce triſte cas.

*Meru.*

Elle viendra grondant
Pour delaſcher deſſus nous ſa colere.

*Palemon.*

Certe ie crains qu'elle vous iette à terre
D'vn coup de pied, ie la cognois trop bien,
Elle eſt chagrine, il ne luy faut qu'vn rien
Pour l'eſchauffer & la mettre en furie.

*Tirſis.*

Hé falloit-il qu'vne telle tu'rie

Se vint ietter deſſus noſtre trouppeau
Pour nous rauir la fleur & le plus beau
De nos brebis, ah Dieu quelle aduenture,
Ie ne deuois me rire de l'augure.

*Meris.*

Que ferons nous ſi la Rochelle ouyt
Le moindre vent de ce malheureux bruit:
Nous ſômes morts, i'aimerois mieux que l'ôde
Nous engloutiſt d'vne abiſme profonde,
Et que le feu de Iupin courouçé,
Nous eut viuant en ce lieu terracé.

*Tirſis.*

Il faut ſçauoir ce que nous deuons faire,
Mieux vaut fuyr & quitter ceſte terre
Que de gemir plus long temps dans ces bois:
Car ces Lions nous mettroient aux abois.

*Palemon.*

Il vaut mieux donc ſortir de ce courage
Et s'en aller ſur le prochain riuage,
Au moins le loup ne pourra s'approcher
De nos brebis, ny quitter ſon rocher,
Sans reſſentir la fierté & l'audace
De ma houlette ou de ma coutelace.

*Tirſis.*

Alons Meris, croyons ce qu'il nous dit,
Celuy qui craint iamais ne contredit.

*Meris.*

Helas Tirſis ie n'ay plus de courage,
I'aime bien mieux me ſauuer à la nage,
Dedans les eaux que d'eſtre priſonnier,
Ou de mourir dans l'iſle de Rié,
Peut eſtre en fin que le bon Dieu Neptuné,

Aura

Aura pitié de ma triste fortune,
A tout le moins si ie perds mon butin,
I'auray moyen de boire en mon chemin.

---

## ACTE II.

### DORIS ET CLORIS.
### PARIS ET LA FRANCE.

*Doris.*

Nymphe ma sœur eustes vous ce bon heur,
De voir l'entree & le parfait honneur,
Que les Heros de ceste alme Prouince,
Ont preparé l'autre iour à mon Prince?
*Cloris.*
Nenny ma sœur i'estois dans les forests
De la grand Crête ou ie portois les rets
De ma Diane & treschere compagne,
Qui s'en alloit au haut de la montagne,
Grosse de darts pour delascher son coup,
Sur quelque tigre ou bien sur quelque loup:
Depuis i'allay aux festes solemnelle,
Qui se consacre à l'antique Cybelle,
Ou tous les Dieux s'assemblent tous les ans
A la façon des anciens Coribans,
Ce qui causa que quittant la contree
De nos François ie ne vis point l'entree
De ce grand Roy & de ce beau Soleil
Qui resiouist vostre cœur de son œil:
*Doris.*
Ie m'en repens, certes iamais ma ville,

C

N'a souftenu vn fi puiffant Achille,
Ie vous promets que ie n'ay veu iadis,
Beauté pareille à celle que ie vis
Qu'il faifoit beau de voir fa belle face,
Son port hardy, fon maintien & fa grace,
Qui mefme peut embrafer l'vniuers:
Certes mon œil s'esblouift au trauers
De fes vertus.

### Cloris.

Dites moy ie vous prie
Nymphe, mon tout, l'honneur de ma patrie,
Quel fut l'honneur & le bel appareil
Qui fut dreffé à ce brillant Soleil?

### Doris.

Ah Dieux, quel iour! tout fremiffoit de ioye,
Les châps lointains, les fauxbourgs & la voye
Ou il entroit & dardoit fes regards,
Eftoit remply de cent mille foldars:
Vous euffiez veu la bouillante ieuneffe,
Courir, fauter d'vne prompte alegreffe,
Et tous ioyeux s'enrichir de ioyaux,
S'orner le corps pour paroiftre plus beaux.
Vous euffiez veu leurs creftes ondoyantes,
Sous les Zephirs heureufement flottantes
On n'entendoit que fifre & que tambour
Qui rempliffoit tout les champs d'alentour:
La plaine eftoit de piques heriflee,
La populace à grand' foule entaflee,
Flos deffus flos defia fe preparoit
De tous coftez fi point elle verroit
Briller de loin ce monarque indomptable,
De qui le bras s'eft rendu redoutable:

De toutes parts les trompettes, clairons,
Fifres, cornets fonnoient aux enuirons,
Les gros canons à la gorge endurcie,
Firent fortir leur fumee efpoiffie,
Plaine de bruit comme vn tonnerre affreux,
Qui fend le Ciel d'vn efclat furieux,
Seyne & fa Nymphe atteinte & eftonnee,
Ayant le cœur & l'ame efpoinçonnee,
Vint adorer cet aftre flamboyant:
Puis retournant fouz le flot tournoyant,
En fin ioyeux de fes chanfons diuerfes,
Dreffa vn bal deffus les ondes perfes,
Il n'y auoit que la Rebellion,
Qui fe fafchoit de ce que le renom
De ce grand Prince offufquoit la memoire
De fes ayeux par fa brillante gloire.

### Cloris.

Cette Iupin ce grand Saturnien,
Maiftre des Dieux coniectura fort bien
Que la Reuolte auoit quelque entreprife,
Puis qu'ell' alloit fecoüer la franchife:
Quelle douleur lui ronge ainfi le cœur?
Toufiours ell'a quelque vieille rancœur,
Au fond de l'ame a ell' pas defchargé,
Toute fon ire & fon cœur enragé.
Cent & cent fois fur les trouppes de France,
Pour abolir fa gloire & fa puiffance.

### Doris.

Il me fouuient que l'an paffé encor',
Quand mon Louys facre fils de Hector,
Voulut entrer dedans toutes fes villes,
Cefte Reuolte en fineffe fubtille:

Luy defnia l'entree en plufieurs lieux:
Mais c'eft en vain:car tout victorieux,
Il a reduit à foy plus de cent places,
Qui ont plié & perdu leurs audaces.

*Cloris.*

Mais c'eft affez il fe faut refiouyr
Et de ce fruict heureufement iouyr,
Ie vous promets que tandis que ce Prince
Et fa Cypris regu ont ma Prouince,
Et que le Ciel me fera ce bon heur,
De voir toufiours fon courage vainqueur,
Que l'aage d'or & la paix afuree
N'aiftront icy d'vne longue duree,

---

## ACTE, III.

### RACADAMANTRO: DEMON.

C'Eft trop languir fous le fleuue empefté
De l'Acheron c'eft trop auoir efté,
Sous les enfers engourdy de pareffe:
Il faut fortir,vn nouueau foin me preffe,
Il faut,il faut que ie face fentir
Aux Rochelois que vaut vn repentir,
Dequoy me fert fi i'ay tant de couleuures,
Si cafanier ie n'en fais aucuns œuures,
Non .c'eft affez,c'eft auiourd'huy qu'il faut
Tout terraffer cefte ville d'affaut,
Ie mettray tout au fac & au pillage,
Ie feray voir vn terrible carnage,
Le feu,le fang,deuant moy marcheront,

Les habitans dans leur sang se noiront,
Les plus hardis deffendans leurs murailles
Mettrôt leurs glaiue en leurs propres entrailles
I'allumeray le feu aux carrefours,
Ie foudroyeray la ville & les fauxbourgs,
Bref, Erinnis ramenera la guerre,
Qui foudroy'ra & mettra tout par terre:
I'ay tousiours veu tout ce peuple mutin,
Hayr la France & son heureux destin:
Vous mes trois sœurs, vous mes cheres côpa-
Quittez l'Auerne & vos tristes câpagnes, (gnes
Prenez vos feux allumez vos tisons,
Bruslez, frappez, abbatez les maisons,
Rez pied, rez terre & que l'herbe toffuë,
Doresnauant croisse de rue en rue:
Et quoy? faut-il maintenant consommer
Le iour en vain sans personne abismer
Dessous les flôts de l'onde stigienne,
Sortez venez, ceste Cité est mienne,
I'en suis Seigneur, ie luy feray sentir
Ma chaude rage, auant que de partir:
Peuple mutin tu vantois tant Soubise
Pour le pilier de ta seule franchise,
Voicy le temps i'alumray le discord,
Ie luy feray franchir vn antre bord,
Ie le feray bannir de la Rochelle,
Pour gouuerner vne terre nouuelle:
C'est trop, c'est trop enduré de douleurs,
C'est trop languir entre tant de rigueurs:
Ie sens mon cœur tout bouffi de colere,
L'ire m'eschauffe & mon sang se renserre,
Sortons d'icy il me faut descharger
Sur ceste ville & la faire enrager.

## MEGERE ET AMILCAR MAGICIEN.

*Megere.*

D'Ou vient cecy, quelle peste enragee
S'est auiourd'huy en ce lieu deschargee,
Sorte d'icy, descharge tes fureurs
Sur d'autres gens, cherche ta proye ailleurs
Affreux Demon, qui te fait si folastre
D'entrer icy, va t'en à ton Baratre,
Vuide ma terre autrement mes soudats
Te perceront la poictrine de dards.

*Racadamantro.*

I'en sortiray : mais ie iure l'Auerne,
L'Orque le Stix, l'Herebe & la Cauerne
De mes trois sœurs, que ie feray sentir
Ma chaude rage auant que d'en sortir.

*Megere ou la Rebellion.*

En fin, en fin, i'ay choisi la Rochelle
Pour le sejour de la race rebelle :
En fin la Mer a veu tousiours les cieux
Par leurs rayons fauoriser mes veux :
I'ay estably mon sceptre & ma puissance,
Toute ma force & ma seule asseurance,
Dans la Rochelle on ne m'en peut chasser :
C'est ma demeure, on ne peut m'empescher
De la regir, ny aller au contraire
De mes desseins ny rompre mes affaires.
En vain on tasche à rompre tous mes forts,
En vain chacun s'oppose à mes efforts :
Il est bien vray despuis quelques annees

Que i'ay souffert de mauuaises iournees,
On a tué la plus-part de mes gens:
Mais c'est tout vn, nous serons diligens
A l'aduenir, s'il faut prendre la suitte
Ou l'air des champs i'en prendray la conduite
Pour maintenant ie me veux resiouyr,
C'est trop long temps sous les armes fremir,
Sortons d'icy redoublons la liesse,
Chassons l'ennuy & le soin qui nous presse,
Que les clairons, les fifres & tambours
Viennent s'espandre au milieu des carfours,
Il faut par tout desormais que la ioye
Changee en feu iusques aux cieux ondoye:
Ne parlons plus de guerre ny de Mars,
Il est party', i'ay chassé ses soldarts.

### Amilcar

Mais d'ou venoit ce monstre espouuentable
Qui menaçoit de sa voix effroyable,
Les Rochellois de leur faire sentir
Sa chaude rage auant que de partir?

### Megere.

Certe i'en suis quasi comme estonnee,
Ie ne sçay point si quelque destinee
Nous veut verser qnelque encombre mauuais,
Mais toutefois nostre Ville est en paix.

### Amilcar.

En vain pourtant ce demon ne s'arreste
En ces quartiers, ie crains quelque tempeste.

### Megere.

Tente l'Oracle, aborde la fureur
De ton Hecate, il faut sçauoir l'horreur,
Et le meschef qui nous pend sur la teste.

### Amicar.

Retirez vous puis qu'il faut que i'atteste
Les dieux d'enfer mettez vous à cartiers
Peur des esprits qui viendront à milliers:
Ca que premier ie designe vne trace,
Ou les demons pourront prendre leur place.

*Trois Tours.*

Ouurons la boite il faut mesler le vin,
L'herbe,le laict,c'est le fait d'vn Deuin,
Voyez vn peu comment ce poil cracquette,
Il y aura quelque chose secrette.

*Trois Tours.*

Ombres,esprits.demons,rages,fureurs,
Cerbere,Hecat',qui comblez de malheurs,
Le genre humain sortez de vos cauernes,
Quittez l'enfer,delaissez les Auernes,
Ie vous coniure & vos esprits affreux,
Par vos serpens,par vos antres hideux,
Que vous dardiez dedans ma fantasie
Le chaud tison de vostre frenaisie:

*Trois Tours.*

Rompez,poussez,remplissez mon esprit
De quelque augure il ne faut point d'escrit,
Ny les papiers de l'antique Sibille,
Parlez de bouche & que la plus habille
De tout l'enfer me chante le discort
Qui se pourroit ietter sur nostre bort.

*Trois Tours.*

D'ou vient cecy?quel nocturne silence?
Ie n'entens rien,n'ay·ie pas de puissance?
Il faut encore esprouuer vne fois,
Si ces Demons n'ouyront point ma voix:

Lamprot

Lamprot, Morlac, Gibor, Helle, Malandie,
Halfie, Archifol, Racadantro, Filandre,
Sortez, venez, i'attelte vos tilons,
Vos feux bruflans & vos triftes prifons,
Brifez la terre, empliffez ma poictrine
Et mon efprit d'vne flamme diuine.

*Bruit.*

Mon cœur fremit, les membres me frifonnét
De tous coftez les ombres m'efpoinçonnent,
Ie fens venir Hecate & fes compaignes,
La terre en fend, les vallons, les montaignes,
Branfle fur branfle efcroulent fous le bruit,
Ie ne voy rien qu'vne poilleufe nuict,
Qui m'esblouift le chien à triple tefte
De fes abois m'eft defia manifefte.
Alons hardis, c'eft maintenant qu'il faut
Que ie fouftienne vn furieux affaut.

*Bruit Frappant de fon bafton.*

Dites Demons, quel deftin nous menace,
I'en fuis douteux rempliffez moy d'audace.

*L'Oracle.*

Ouure l'oreille & entens ces propos,
Les Rocheloïs n'auront plus de repos,
On leur rauit le plus beau de leur terre,
Ie voy defia que d'vn coup de tonnerre
Le Ciel s'anime afin de poudroyer
Tous fes efforts & de la foudroyer,
Ie voy defia les Cieux rouges de flammes
Pour fe venger des actions infames,
Des Reuoltez qui contre toute loy,
Veulent fermer les portes à leur Roy:
Il faut en fin plier fous fa puiffance,

D

Pour luy les Dieux en prendront la vengeance,
Pour luy le Ciel s'armera contre vous,
Et brandira les traits de son courroux,
On ne peut fuyr vne main si puissante,
Voyla les mots d'vne Hecate sçauante.

*Bruit. Amilcar.*

Ah quel horreur, quel malheureux meschef?
Quel triste ennuy pend dessus nostre chef.

*Megere.*

Qui a il donc?

*Amilcar.*

Helas i'ay l'ame atteinte
D'vn froid glaçõ qui met mõ cœur en crainte,
N'ouyez-vous point les futures rigueurs,
Qui rempliront tous ces quartiers d'horreurs,
Et que le Ciel de cent coups de son foudre,
R'enuersera & mettra tout en poudre.

*Megere.*

Est-il possible? ah Dieux, quoy que ce Mars
De ses efforts vaincra tous nos soudars:
Ah que diray-ie, helas que dois-ie faire!
Rien desormais ne me pourra complaire,
Sortons d'icy, quel destin rigoureux
Nous a versé vn temps si malheureux.

---

## ACTE IIII.

### MENANDER, ALEXIS, ET OLIMPIVS.

*Menander.*

IOur malheureux, malheureux mille fois,
Le fier destin qui me met aux abois,

Tout m'est contraire: on me suit, on me presse,
Il faut helas que ie viue en tristesse,
Depuis deux ans que contre toute loy
Ie n'ay voulu obeyr à mon Roy,
Le fier destin & l'aueugle Fortune
M'a distillé mille & mille infortune,
Dedans sainct Iean ie perdis ma valeur,
A Montauban ie perdis mon honneur,
En conduisant tant de pauures gendarmes,
Dans les combats & parmy les alarmes,
Ou la plus part de ser outrepercez
Y ont esté fierement renuersez.

### Alexis.

Il m'en souuient, i'estois sur la muraille
Quand on donna cest' affreuse bataille,
C'estoit à Fauch, ou tant de gens sont morts,
Voulant dompter des Royaux les efforts,
Toute la terre d'vne onde ensanglantee
Estoit helas, cruellement baignee,
Le feu, le sang & le fer y marchoient
De tous costez les canons decochoient
Leurs gros boulets, & parmy ces terraces
On ne voyoit que brassarts, que cuirasses,
Que morions, que picques, que tranchans,
Rompus, brisez, qui luy soient par les champs,
Le Ciel trembloit, le feu & la lumiere
Voloit par tout: vne rouge riuiere,
A gros bouillons dans les tranchis couloit
Qui flot sur flot sur les morts se rouloit:
Combien helas, ce Colosse du Mayne,
Deuant sa mort nous a-il fait de peine?
Il a bruslé la ville d'Albiac,

Pris, emporté & rauagé Nerac,
Le Languedoc & toute la Guyenne
Alloit treblant sous ce Duc de Mayenne,
En mille endroits il a graué son nom,
Et s'est acquis vn immortel renom:
Par son courage & son bras porte-foudre,
Qui renuersoit & mettoit tout en poudre.

*Olympius.*

C'est bien à nous à pleurer nos malheurs,
Nous dis. ie, helas, noyez dans les douleurs:
C'est bien à nous à distiller des larmes,
Qui ne voyons tous les iours que gens-darmes
On nous rauit en nos propres maisons,
De iour en iour nouuelles garnisons,
De maints soldats oppressent la Rochelle,
De tous costez vn alarme cruelle,
Et de la mer & du reflus des eaux
Nous vont donnant mille & mille trauaux
Neptune mesme enuers nous se courrouce,
Et bat nos murs d'vn' horrible secousse,
Par terre on prend tout ce peu de moyens
Qu'auoient aux champs nos pauures Citoyens:
De sorte helas, que maintenant l'Ennie
Nous a reduit au dernier de la vie,
Tous les soldats du Conte de Soissons
De iour en iour brauent nos garnisons,
Pillant, courant iusques dedans nos portes,
Le plus souuent ils prennent nos cohortes,
Les contraighans de payer leur rançon
Bien cherement au Conte de Soisson:
Mais las Messieurs ce qui plus nous irrite
C'est que Soubise a noyé par sa fuitte

Dedans la mer la plufpart de nos gens,
Tous les foldats & plufieurs Citoyens
Auec que luy fortirent de la ville:
Mais la plus-part perirent dedans l'ifle,
Et dans l'enclos qu'on appelle Rié,
Faute d'auoir des aifles à leur pié,
Depuis ce temps on ne voit que gens d'arme,
Aux enuirons, qui nous donnent l'alarme.

*Menander.*

Pour mon regard, ie fuis bien embrouillé:
Car defpuis peu le Roy m'a defpoüillé
De tous mes droits, des charges & Office,
Pour ne vouloir plier à fon feruice,
Ie ne fçay pas qui m'en defgagera,
Ny deformais ce que le Roy fera:
I'ayme bien mieux efuiter le naufrage,
Que de fauuer mon armee à la nage,
Caftre a bon murs il m'y faut retirer:
C'eft la retraitte ou ie peux afpirer.

*Fabius.*

I'ay fait mon coup, ie ne m'en fouci' guere,
Je fuis prudent autant que Dediguiere,
I'ay pris l'argent que le Roy m'a donné,
Nul des François n'en doit eftre eftonné,
Il eft permis de plier fon bagage
Au Matellot qui preuoit le naufrage:
Ie ne pouuois auffi bien fubfifter,
Ny plus long temps aux trouppes refifter:
Ce n'eft pas tout d'vn homme qui tournoye,
En me rendant i'ay eu bonne monnoye,
Pour maintenant ie me veux repofer,
Ie fuis trop vieil il eft temps d'efpoufer

Le front ioyeux d'vne bonne Fortune,
C'eſt trop long têps voguer en plain Neptune,
Puis que ie ſuis vn des anciens guerriers,
Ie me veux mettre à labry des lauriers:
Mais ou pourrois-ie auec plus d'aſſeurance
Trouuer repos qu'auec le Roy de France?
C'eſt mon Azile ou ie veux deſormais
Viure tranquille & demeurer en paix.

---

## ACTE, V.

### DORIS, ET CLORIS.

#### Doris.

GRâd Dieu du Ciel, Monarque redoutable,
Seul inuinçible, Empereur indomptable
Qui ſous tes tes doigts gouuernes les deſtins
Qui d'vn clin dœil renuerſes les mutins,
Et qui d'vn coup d'vn foudroyant tonnerre,
Peus renuerſer tous ces Geans par terre,
Et rendre en fin tes ſubiets triomphans
Entens grand Dieu les cris de tes enfans
Ouure l'aureille à nos triſtes complaintes,
Et des haut Cieux fauoriſes nos plaintes:
Tu vois Seigneur, noſtre Roy genereux,
Aller aux coups d'vn eſprit valeureux,
Tu vois la France empourpree & ſanglante,
Guide ſon bras & la dextre puiſſante,
De ce grand Prince afin qu'vn meſme Autel
Aille adorant ton ſainct nom immortel.

### Cloris.

Conduis les pas de ce ieune Monarque,
Fais qu'il engraue vne immortelle marque,
De ton courage & de son grand renom
Sur les fauteurs de la rebellion:
Car en toy seul repose l'esperance
Que nous auons pour le bien de la France.

### Doris.

C'et toy grand Dieu, c'et toy Roy des armees
(Ayant esteint ces torches allumees)
Qui conduiras nostre Louys vainqueur,
Dedans son Louure, ou d'vn genereux cœur,
Ayant chassé les nues & tempestes,
Qui iusqu' icy ont panché sur nos testes,
Il regira & tiendra pour iamais
Tous ses subiets & son Royaume en paix.

### Cloris.

Ce sera lors que remplis d'allegresse,
Nous banirons de nos fronts la tristesse,
Ce sera lors qu'estans tous reuenus
Nous fermerons les portes de Ianus.

Ainsi grand Roy puissiez vous à iamais,
Faire esclatter vos genereuse armes,
Et dissipant tant de fieres alarmes,
Nous bien-heurer d'vne eternelle paix.

## F I N.

www.ingramcontent.com/pod-product-compliance
Lightning Source LLC
Chambersburg PA
CBHW061607180626
46818CB00005B/1984